空の井戸

高野民雄

思潮社

空の井戸

高野民雄

思潮社

装幀＝思潮社装幀室

空の井戸

空の井戸

空の井戸

そこに何も隠されているわけではない
空の深い井戸
私たちはそれを重力の下から仰ぎ見て
限りもなく深いと感じ　その深みから
また　限りもなく何かが湧き出すようにも思う

空はなぜ青いのか
私たちはそれを学校で　あるいは本によって学ぶのだが

二十世紀の半ばを過ぎて　やっと
重力に少しだけ打ち勝って空の青を越えた宇宙飛行士たちは
地球は青いといい　映像によって私たちもそれを見た

地球はなぜ青いのか
雲は白く雪また氷は白く砂漠は黄または赤くもあるのだが
その映像を私たちは手にし眺めることができる
青空の下あるいは灰色の雲の下あるいは赤いまたは白い電光の下で

私たちもそこにいるはずである
宇宙または夜の暗黒を背景に浮かぶ地球
その不安定な映像の　陽の当たる空と海と陸
それらをおおう薄青い光の底
あるいは写っていない向こう側の夜の闇の底に

見上げる顔のひとつもなく
だれひとり写っていない
私たちの記念写真
逆向きの
空の
深い井戸の
底

凧揚げ

太陽のほらあな
じぶんを裂いてまきちらす鳥に
この両手をさしあげる

堀川正美「輝く氷」より

1

正月の空に　私は凧を揚げている
しなやかであるよりは　いくらか硬直した北西風にのせて
私の知らない外国人が語ったという
それは「日本で最も美しい冬の青空」
誠実ではありえない風は　ただ実直なふりして空の青を磨いている

凧はもはや乾燥した竹の骨を持たない
ごわごわした紙の皮膚を持たない
しなやかな石油の骨　なめらかな化学の皮
はたはたと　またはたはたと震えつつ
透明な青の斜面を昇る変な鳥である

ナイロンの糸はいくらでも伸びる　するする
肉と内臓を持たない鳥は実にさりげなくバランスを保つ
だがそれは　やはり困難と危機に満ちた旅なのである

手の内の糸の震えに　私はそれを読みとらねばならない
ぶるぶる　それは聞こえない音　声のない言葉　意味のない音楽
微細な衝突によって絶えずつき崩される波動の集合である

2

正月の空に　はたはたと凧昇る
はたはたとゲイラカイト昇る
宙吊りになり　はたはたと震える皮鳥
〈新年の吉兆を見よ！　その鳥！〉
糸を保持するものは　不実な気流にさえゆらぐ
頼りない内圧に支えられた裸形の肉塊である

きらめく新年の陽光の中
あらゆる音と微振動へ向けて
その身に逆に立つ　千の針先のきらきら
内なる千の針穴をくぐり
めぐる血の赤錆びの細流

私は両手を上げる
血を分けた二人の娘と共に
宙吊りの凧を下ろすために

それは私たちの背の高さから　仮の命を失って落ちる
青空の斜面の彼方
すべてを冷やす絶対温度３Ｋの宇宙

板

闇ニ底アリ
夜ハ底ナシ

夜に底はないけれど
娘たちよ　恐れるな
眠りの床は床にあり
床は板の上に支えられるのだから

板の上で私たちは暮らす
私たちは板に囲まれて生き
板に囲まれて死ぬ

私たちは板に親しい

ブランコ　シーソー　すべり台
私たちは板に支えられて遊ぶ
板の上をスキップして渡る
底の見えない暮らしの上を

底のない夜の上を
夢は飛んだり跳ねたり走ったり
ありえないイカダに乗って
漂流したり　沈没したり

目隠しして　〈渡り板へ！〉と
フック船長は号令する

目隠しはことわるべきなのだ　娘たち！
ただ軽く眼をつむって大きく息をして

板のしなりを弾ませて
滑るように跳べ！
底なしの夜の上空
夢のあらゆる漂流物の中へ！

物語は底のない夜の底に向かい
闇の奥から声や物音は返ってくる
板が声をはね返し
共鳴板が音を大きく美しくするように

娘たちよ　恐れるな

夜に底はないけれど
眠りの海は難破船の賑やかな板切れでいっぱいだ
夢や言葉や　絵本やおもちゃの破片で

板と血

眼ヲ閉ジテ夜ニ向カイ
眼ヲ開イテ闇ニ向カウ

見世物小屋はどこにでも開く
晴れた日も曇る日も
ぼろ切れのようなものを拡げて
空の下に闇を包む
にわかづくりの夜を開く
人魂みたいな裸電球をぶら下げ
夜の底を照らそうとする
ぼんやりと

その影のような光の下に
息もせずに横たわるのは　大いたち
大きな板に血をつけただけの
大板血

娘たちよ　だから
見世物なんて怖くない
見世物小屋でいちばん怖いのは
もしかすると
夜の底が見えそうな気がすることだ

眼を開けて　よくごらん！
夜の底が見える代わりに

泥のような闇の底に見えるのは
ぼんやりと暗い　大板血
板が血を流すのではない
板が血を流させたのでもない

板も血もありふれている
まな板やテーブルや机の上で
私たちはよく血を流す
体中のいたるところから少しずつ
私たちの体は血に満たされた肉
破れやすい血の袋だから

板は木から切り離される前に
透明な樹液を持っている

それは土から昇る大地の水

私たちは肉の継ぎ目のない袋の中に
鮮やかな　または深く赤い血を持つ
それは海からのめぐる潮の水

大板血が少し怖そうに見えるのは
板に血が似合わないからだ
板の上の血は　血の痕は
滲み乾き黒ずんで行くだけ
見世物小屋の暗闇がそれを見分けにくくする
人魂みたいな電球がその上に曖昧な影を落す

娘たちよ　怖がるな！

私たちは泥の影に沈みかけた渡り板を踏み
夜を真似た闇の中を
明らかに眼を開いて進むのだから

ただちょっと
気をつけなきゃいけないのは
〈ほら　暗いから足を踏まないで！〉
もう　どこかで一度
見世物小屋を　大板血を　見て通り過ぎたのに
〈お代は見てのお帰りに！〉と
どこからか呼び込みのしわがれ声が
聞こえて来ないとも限らないことだ

〈見よ！〉

私たちは板を渡る
泥だらけの板を
血塗れの板を
跳ねて渡り
たたいて渡り
こわごわ渡る

底のない夜の底の上を
岸のない時の流れの向こう岸へ

破るな　血袋！

板の叫び

夏
陽の輝く製材所で
娘たち　きみたちは見た
丸太から板が切り離されるのを

のこぎりと木の
鋭く長い叫びを聞いた

飛び散るおがくずのきらめき
樹液から発散する香り

血の肉

閉じた眼の中に
私には見える

輝いて闇の向こうへ遠ざかる
娘たちの　血に満ちた白い肉

ろくろっ首

1

ろくろっ首とは　もともと
体から離脱する首のことである

したがって
三味線の伴奏につれ　ひょろひょろと
白い長い首を伸ばすものは

無名の見世物師の発明にちがいない

なにものかの肩に乗り　黒幕の裏で
伸び上がって歌う娘　その赤い唇
舞台に座り　三味線弾く白塗りの母親の手
または姉　あるいは叔母　もしくは他人

その間をつないで　するすると繰り出され　ゆらめく
筒状の絹　その中に息づく埃っぽい空気
その微粒子を震わせたのは　どのような歌？
その波動に去来したのは　どのような因果か？

〈親の因果が子に報い……〉
だれかしら知らぬもののその語りに　がらんどうの

客席で　うち震えたものは何だったか?
まっくらくらの観衆の　埃っぽい心の闇で

2

他のとき　他のところで
体を離脱したろくろっ首たちは　群れをなして
夜空を渡って行った　自由を求めて
他のとき　他のところで
見世物小屋から帰った絵師たちは　白絹の
筒状の首を肉化していた　しなやかに
限りもなく伸び　また縮む肉体として

したがって　私たちにはいま

様々に　どのような想像も可能である
考えよ！　首！　頭と体！　離れて
あるいは限りなく伸びて行って　からみあい
こんがらがり　または繋がりを断ち　ばらばらになり
しかも生きてあることを！
埃っぽい風の中　熱い血を　因果を通わせて！

3

首たちが出かけている間
その体は寝床に転がっているという
それは眠っているのだろうか

首は自由に向かって飛び
明らかに目覚めているというのに

うなされて輾転反側する体たちよ
一体となって共にあるとき
その首にあるという青い細い筋は
なおもそこに　薄青く息づくのか

頭から遠く離れて
体も夢見ることができるだろうか
頭の思う思いに感じて　うるうると
震えるのだろうか　ぶるぶると　またはがたがたと

4

やがて頭は帰ってくるだろう　薄明に
血の薄青い光を引いて
それぞれの夢見る体のもとへ

やがて体は起き上がるだろう
薄青い筋をうずかせて　この夜も
あまりよい眠りではなかったと

日はまた昇る
地球の上に朝が来る

太陽　切られた首
あるいは青い地球

または未知の天体
を　頭は見たか
体は覚えているか

あるいは
違う体へ戻ってきたのではないか
ろくろっ首よ

5

いいえ違います　と首は言う
これは元から私と共にあった体で　私がそこから
生え出たわけではなく　私からそれが生まれたのでもない
私たちは共に生まれ　共にこれまで育って来たのだ

私が　私たちがろくろっ首であるならば　それは
私たちがろくろっ首であるのであって　私がひとりの
ろくろっ首であるのではなく　また私の
体がろくろっ首の体であるせいでもない

夢は見るもので　見られる夢というものはない
と　ろくろっ首は言う　首たちが飛ぶ夢を
ろくろっ首でない誰が見たというのだ？
飛ぶ首が　そのまま遙か飛び去って戻らぬ不安に
どの体がぶるぶる震えたというのか？

おお　どんなろくろっ首の一個が夜を遙かに飛び去って
不安の限界にうち震える他者の体と合体したことか？

明け切らぬ夜明けの寒さに
共にぶるぶるがたがたと　震え続けたことか？
この世のすべてでもありうる不安を共にして

6

私は眠り　多くの夢を見る
私は目覚め　夢のほとんどを覚えていない
私の体は　私の頭がろくろっ首であるかを知らず
私の頭は　ついに体から自由であることができない

立卵

そのときコロンブスは少しもさわがず
その滑らかな尻を叩き潰して
卵を立てた　食卓の上　砕けた殻の上に

おそらくコロンブスはこどもの頃から
何度かそうして卵を立てたことがあったのだろう
卵はおそらく半熟の茹卵で
雛となるべき黄身は食卓に流れ出すことなく

やがて困難な航海に挑むコロンブスの体となっただろう

しかし潰さなくたって卵は立つ
生きたままで卵は立つことができるし
立った後で雛にもなれ　茹でられることもできる
ということを昔（コロンブスよりはずっと後のことだけれど）
ある科学雑誌で読んで　こどもだった私は卵を立てた

つまり　卵の表面は見かけほどは滑らかではなく
微妙な凹凸から成っているのだから
重心を通る垂線をその中に通す微小な三点の突起が定める水平面を
息をひそめ時間をかけて指先の微妙な動きの内に探し出すことによって
卵は直立する

そうして
卵たちはひっそりと林立した
立春ではないある日のこと

自然にも偶然にもよらず　不安定な大気の底に
危うく　しかし　きっぱりとした自立
吐息にも猫の足音にも崩れそうなその光景は私の他に見たものはなく
私の記憶に日付は失われ　前後の経過は忘れられたけれど
卵たちは静かに立ち並んでいた
その日家にある限りの卵は

このことに記録や証拠はなくまた記憶も定かではないとしても
私のように多くのこどもたちがひそかに卵を立てたことを私は疑わない
立春やその他の季節のめぐりと卵の立つこととは関係がなく

コロンブスでなくともアメリカは発見されたかもしれないし
鶏が卵の自立を願うかどうかはわからないが
卵たちは食べられる前に立つことができるし　またできたのだ

いま卵たちはパッケージの中や冷蔵庫の棚に整然と立ち
あるいは朝の食卓に茹でられて立つ
けれども　また
一個の卵は何の支えもなく立つことができる
格別の意味も理由もなく
ただ
望むならば

風のソネット・その他のソネット

風のソネット

あしたはあしたの風が吹くとだれかが言う　たとえば死んだ私の母が
父母の墓前にいま吹く風は今日の風だし　昨日は昨日の風が吹いた
これまでどんな一日でも風の吹かない日があっただろうか
人や草木や海や山は　いつもその日の風に吹かれて来たのだ

アフロディテはどこかの岸に西風が吹き寄せたというし
東風が吹けば梅が香り　むべ山風は嵐と吹いた
神風さえ一度ならず二度までは吹いたらしい　けれども

いつか聞こえた歌のように　風を見たものはだれもいない

風の音にも驚かれぬる　と見えない風に人は驚き
あるいは驚くふりをした　ああいい風　おおいやな風などとも
驚かせまた脅かしもして風は過ぎて行く　その日の風は

そうして恐ろしい暴風も爆風も順風も逆風も何度でも吹いて過ぎたのだ
風に吹かれて私たちは線香の火に苦労する　いやな風ねとだれかが言い
あしたの風はいくらでも吹くさと母は言うだろう　お墓の下で

殺人のソネット

私のおじいさんは人を殺した　本にそう書いてある
「藩命を奉じ藩士某を切る　一刀その頭を断つ」という
高校の図書室の書棚の裏の埃が積もった本の山の中にそれを見つけ
図書委員で文学クラブ員だった私はそれを読みだれにも告げなかった

万延元年五月祖父十七歳のとき「士民文弱に流れし際なりし故此の事
衆人指目称賛する所」とほめられたりもしているが　当時十七歳の私は
「十七歳、堅気でばかりではおられませぬ*」祖父より年下のランボーを信じた

なんとはるかに　見知らぬ後世のこの孫は文弱に流れ流れて行くしかなかった

私が生まれた頃も百人切り競争の軍人が指目称賛する所だったらしいし
敵が来たら祖父の脇差で「お前を刺して私も死ぬ」と母が言った戦争が
終わっても世界のあちこちで　いたるところで殺し合いは絶えることがない

いまも包丁や何やかで十七歳もその他の年齢の者も殺しまた殺され
なぜ人を殺してはいけないのか　文弱の私はモーゼの十戒の他には
さしたる根拠も示せず怯えつつ流れるばかり　「衆人指目」の問いの中を

＊アルチュール・ランボー「小説」村上菊一郎訳

波のソネット

波は繰り返す　寄せたり引いたり返したり　絶えることなく
あたりまえかもしれないが　海辺の町で暮らしていた私が（ぼくが）
小学校の修学旅行で日光の中禅寺湖畔に泊まったとき
同じ波音が一晩中続くのを聴いてびっくりした　なぜかとても感動した

みずうみもまた海なのである　ということを発見したのだったかもしれない
その水が華厳の滝となってどうどうと落ち　川となってざあざあと流れ
海へ行く　太平洋に入って東京湾の波音を鳴らす　ぼくの耳を鳴らす

その上を夜毎B29の大編隊が通って行ったな　轟々と恐ろしい音立てて

海の波も洗面器の波紋も波であるしまた音も波なら光も電波も波である
ということをその後学校や本で教わり　その度にぼくは感動した（私は）
波は絶えず繰り返す　私たちをめぐり私たちを浸し私たちから発しさえして

波の中に暮らしているのである　ぼくは私は私たちは　また世界は
もうだれも孤独ではないと告げるのも波なのだし　音もなく身を貫く粒子も
波であると教えてくれるのも波なのだ　繰り返し繰り返し絶えることなく

闇のソネット

闇には底があり夜には底がない　などと一人秘かに思ったりもしたが
戦後　闇市というものがあって　こどもだった私が行ってみると
大勢の人が居てお祭りのように賑やかで　そこはとても明るかった
あたりの焼跡も広く明るく空襲に怯えたあの夜の暗さはどこにもなかった

鼻をつままれてもわからない闇というのも夏休みの母の田舎にはあって
そのまた昔は狐の嫁入りも通ったし人魂も飛び幽霊も何人かは見たと言う
しかし夏休みのこどもにすれば見えたならそれは明るいということだし

鼻をつまれてもわからないなら眼から火を出せばいいと言って笑った

天邪鬼がいるのならそれはぼくらのようなこどものことだと思い
思えば手のつけられない戦後の天邪鬼の餓鬼だったかもしれないね　ぼくは
そして私はここまでほとんどそのままずっ飛んで来てしまったらしい

心の闇や闇屋の闇や深淵や一寸先の闇やらを眼をつぶってすり抜けて
母や兄が死んで何年もが過ぎて　やっと私には死者の囁きが届き出した
「闇は思ったより深いものだよ」「明けない夜だってあるんだぞ」

雨のソネット

熱い地球が生まれ　原始の雨がそれを冷やした……などと
二十一世紀の梅雨じとじとと降り込める無為の日には思うことができる
初めての雨も降ったのだ　いかなる生命体もおそらく居なかったのだから
だれもそれを見ず　なにもその湿り気を感じなかっただろうけれど

それからは四十日四十夜続いた大洪水の雨も降り　ときには
血の雨も　また火の雨も黒い雨も酸性雨も降った　とりわけ前の世紀には
私たちの塵やその他のなにやかは　爆発し火と燃え風に舞い上がる度に

空に昇り雲に溶け雨と降っては　また地上と私たちを濡らしたのだ

父の体が焼かれたとき高い煙突から立つ煙を指して　幼い私に母は言った
人は死んで煙と共に空に昇り星になるのだと　ずっと後に母の煙を見て
私はそのことを思いその通りにも思ったが　いま私はそれを信じていない
それら地上の微粒子は大気圏に留まり　やがては雨と共に降り注ぐのだ

何にだって始まりがあり終わりがある　そのすべてを知ることはできないが
雨は止み梅雨は上がるだろう　宣言はいつも疑わしくあやふやだけれど

虐殺のソネット

私は日常的な虐殺者である　今日も家の壁に安らぐ蛾たちを
箒で叩きつぶした　一匹は追い詰めて地面へ踏みにじりさえした
昨日は玄関のたたきに蝟集する蟻の群れへ殺虫剤を浴びせ
パニック状態で逃げ惑う個々の止めを刺し息の根を止め水で流した

猫の蚤を六十四匹　その死体を紙の上にきちんと並べたこともある
親友と共謀して梅の木の毛虫を空缶に集め生きたまま釜茹でにもしたし
むろん蛙は胃袋を吐かせ皮を剝ぎ火で焼いた　私は食べなかったがそれで

罪を免れはしない　行けるはずのない極楽を地獄と共に無視したままでだ

名も知らない虫などとは虐殺者の無知に過ぎず　蝶やトンボやとりわけ
オケラを解放するなんて勝手な依怙贔屓だと当のオケラも嘲笑うだろう
せめて虫けらとか虫めらとは呼ぶまいと思うのも姑息とは承知の上でなおも
姑息な言い訳を重ねれば　それらは人が人に使い行った言葉に過ぎない

一寸の虫にも五分の魂などと言ったって慰めにもならないだろうけれど
人間はたぶん蟻地獄には落ちたことがないのだ　虫たちよ

見えない存在のソネット

「見えないことは存在しないことではない」と
免許更新の講習でもらった安全運転のパンフレット*は告げる
見える車や電柱の陰に歩行者や自転車の存在は潜むのだから　つねに私は
「かもしれない」と来るべき危険を予測しつつ進まなければならない

「見えないことは存在しないことではない」とわれらの地球環境も告げる
人間の作り出すあらゆるものの中に見えない汚染物質は潜むのだから
つねに私たちは「かもしれない」と迫り来る破滅を予測し怖れつつ

可燃ゴミや不燃ゴミや資源ゴミを分別しながら未来へ進まなければならない
「見えないことは存在しないことではない」と幽霊も告げるだろう
見える人の背後には見えない死者の列が限りなく続いているのだし
見える人の陰には見えない過去の存在がいつでも飛び出そうとひしめいている

それは確かなことだ　私たちの一人一人に少なくとも二人以上の死者から
もたらされたヒトゲノムのすべての配列が明らかにされ
見えない宇宙の暗黒物質の総量がやがて眼前に量られるとしても

＊「人にやさしい安全運転」全日本交通安全協会（平成十一年第五次改訂版）

雷のソネット

二日続きの激しい雷雨の後で電話とインターネットが不通になった
その他には何事もなく恐ろしいほどの雷鳴と稲光をむしろ楽しんでいて
深夜になってやっとターミナルアダプターが壊れたのだとわかった
雷の一撃によって安らかな我が家の交信手段は一時に絶たれたのだ

といってこのことは全然詩的ではなく天の怒りだなどとも思わないが
たとえばモンゴルの草原のような二次元的な風景にひとり立って
降りしぶく雨に打たれ稲光と雷鳴のなか「天よ！」と叫ぶ　ようなのが

好きだなとは思ったのだ　そんなところに行ったことはないけれど

今夜も遠く雷鳴は轟き閃光が地平の雲の輪郭を照らし出して幻想を誘い

私は艦砲射撃の幻を聴いたり　「天よ！」と内心に叫んだりもするが

それらは外部のどこかに伝わるわけでもなく　私の幻想の多くは

映画やテレビその他のバーチャルな映像経験から来ているのだと考えた

草原の移動式住宅にテレビを買って来るという古いモンゴルの映画も

見たことがある　天よ願わくばそのテレビに落雷するなかれ！

空襲のソネット

水平線が燃えていた　東京湾の海の向こう側で
水平に広がる火の色の帯状の空を背景に　より明るい火色の粒々が
限りもなくキチキチキチキチと音立てて雨のように降り注いでいた
それは夕焼けではなくB29の大群による空襲の光景に違いなかった

私たちは夜の砂浜に立ちその光景を眺め　いずれその夜は
それぞれの家に帰り眠っただろうけれど　そのときそこで
何を思い何が話されたか　月や星は出ていたか波は寄せていたか

風はあったか冷たかったか　焼夷弾はキチキチ音を立てたか

国民学校一年生だった私の記憶には一切が定かではない
その後私の生家も多くの街も空襲で燃え　または他の災禍によって
失われ　あの砂浜も埋め立てられ海岸線は遠ざかった

記憶の中に光景は遠ざかり細部は消滅する　むろん私の記憶の
すべてもいずれは消滅するだろう　失われた戦闘機の風防ガラスの
破片をこすったときの匂いは今も確かに覚えているにしても

光のソネット

一九九九年九月　東海村臨界事故

臨界の青い光を見たという　のどかな海辺の村の作業場で
ある朝いつものようにバケツからウラン溶液を注いでいるとき
青い光を見た人は死に　その網膜と記憶は灰になっただろうけれど
その光は新聞の記事に載って　私の記憶の裡に奥深く閃いた

過ちは繰り返されたのだ　すでに何度もそして「いつものように」
覆水はバケツに返らず　情報は光の速さで伝えられると言っても
テレビカメラが見せるものは常に空のバケツに過ぎない　いつでも

過ちは繰り返されるだろう　過つ者死ぬ者死んだ者だれもがそれと知る前に

ヒロシマやナガサキの光は今もまだ七十何光年かの彼方を
光速で去りつつあるだろうけれど　それにしても情報や
警報やマニュアルやらは恐ろしいほどゆっくりとしかやって来ない

太陽は核融合の光で朝を輝かせ　原子炉は核分裂の電光で夜を照らし
私たちは光にまみれ眼を見開きまた閉じて　記憶の奥深く閃く
青い光を見続けなければならない　過ちをせめてそれと知る前に

しゃれこうべのソネット

「しゃれこうべ」というのは洒落た頭のことだと思っていた
髪とひげを剃り　眉毛と鼻毛その他の毛を抜き　眼球を二つ舌を一枚
唇と耳と鼻と　それらに繋がる皮膚と肉をきれいに剝がし
脳髄を抜き去り血を洗い流せば「洒落頭」それはだれにでもある

「頼朝公おんとし七歳の頃のしゃれこうべ」という見世物の口上の
話を知って七歳の頃の私は非常におもしろがったが　それはまた非常に
恐ろしいこととして私を脅かした　それがヨリトモであるはずはなく

ではだれか　知る術はなくしかし七歳の頃のだれかには違いないのだから
だれだろう大人とは見えない骨格模型のぶら下がる学校で　ぼくらは
勉強を始めた　焼跡のこどもたちと戦争から帰った教師たちは
死んだ者は別として　だれの「しゃれこうべ」も頭の中にあった

焼跡からだれかのしゃれこうべを掘り出さなかったのは幸運としか
言いようがない　そしていま六十年後のクラス会に集う頭の中には
どれにも「七歳の頃のしゃれこうべ」があることについても　同じく

無のソネット

宇宙の果てのその向こうには何もないのだと　まったく突然に
閃いてしまったのは私が中学生のとき　自宅で入浴中のこと
アルキメデスのように裸で飛び出しはしなかったが　むやみやたらに
興奮したことは覚えている　ただのぼせたに過ぎないのかもしれないけれど

人が死んで今はいないとか　何かが消滅して無いとか　ではなく
お金がないとか　昨日は今日にないだとか　魂や霊は存在するが
姿形がないとか　私は私ではなく他者であるとかないとか　でもなく

理由もなく空間もない　完全無欠の無を考えることができたと思ったのだ

その後　そのことは私の内に思想のたいした深化も発展も見せず　人格の
形成に寄与することもなかったが　他者かもしれない私は他者なる妻を愛し
他者なる娘はまたその他者を愛し　無は依然宇宙の果てのその向こうにあって

昨日テロリストの自爆攻撃によってニューヨークのビルは虚しく消滅したが
瓦礫と死傷者とその記憶は消えず　恐怖や悲しみや憎しみは　他者や私たちを
めぐりめぐって増殖するばかり　無は依然宇宙の果てのその向こうにあって

初日の出のソネット

朝日は昇る　だれも見ていなくても
と言ったところで　だれかはきっと見るだろう
地球の上のどこか　晴れ渡る夜明けの空に
朝日は昇る　だれがなんと言おうと言うまいと

焼跡にだって朝日は射したし　虐殺の街にも
テロの瓦礫に　核の光に爛れた肌の上に
失われたすべての光景の上に朝日は昇ったのだ

だれかがそれを見ず　だれかがそれを忘れたとしても
だから　だれかが　あるいは私たちが
暗雲や戦雲やらがいつも漂うこの地上で
新しい日の出を迎えるのはいいことなのだ

晴れたらいいけど　曇りでも　雨でも雪でも嵐でも
いまは暗い地平線の彼方　だれかしら必ず見るだろう
四十五億プラスマイナス何回目かの初日の出を

戦争のソネット

二〇〇〇年三月二十日　イラク戦争

とうとうまた戦争が始まりテレビ中継が始まった　初日の今日はまだ
夜明け前のバグダッドの空に僅かな光の点々が飛び交い明滅するばかり
「音も聞こえます」という記者の電話からは　その音は聞こえて来ない
地平もどこか閃いたようだが　床を突き上げ体を震わす音は届かない

花火大会より淋しいその映像は日に何回も繰り返され　やがては
サイレンや爆発音も聞こえて来るが　それは既に過去の再生に過ぎない
冷静なアナウンスと共に再生される何回目かの画面の片隅では　何事も

なかったようにも見えるバグダッドの朝の街路を二台の車が走り過ぎる

明日からはより多くの光景がテレビ画面を繰り返し走り過ぎるだろう
戦争は確実に破壊と殺戮を繰り広げ　人々の悲惨は増大するだろう
にもかかわらず　生中継の空や街は何事もなかったようにも見えるだろう

テレビを消して眠りに就く私たちの空や街は当然何事もなく無表情である
いま何事もなく見えるバグダッドには今夜も空襲があるだろう　画面には
現在時を示す時計の針と　ＬＩＶＥ　生きている　とスーパーされて

青空のソネット

戦争が終わった日の青空をいつまでも覚えている　と思ったけれど
年を経て多くの記憶が失われあるいは変容していることに気が付けば
それも極めてあやふやなもの　覚えているつもりの状況を検証すると
椅子に座りうなだれた母の横に立つこども・私の後姿が見えてしまう

なぜ空は青いのか　なぜ虹は七色なのか　五年生のとき少年・ぼくは
本で調べてノートに書いて先生に提出したことがある　水滴の円に
屈折する光線の図も描いた　太陽の光は空気中の微粒子に屈折反射散乱して

青い光だけが眼に届く　つまり空全体は虹の青いところのようなもの

といって本当にそこでどういうことが起こっているのかはよくわからない

外はいま冷たい雨　空一面は薄灰色の雲に閉ざされていて　そこには

記憶の中のどの青空も投射して見ることはできない　眼は記憶を見ない

けれどもやはり　戦争が終わった日の青空を覚えている　と私は言うだろう

母の横に立ってラジオを聴く一年生の私の後姿も見えるが　それは

別に幽体離脱して見たわけではない　なぜかはよくわからないけれど

地震のソネット

足が震えたのではない地面が震えたのだ　太平洋プレートが
この列島を載せたプレートの下に潜り込もうとしていて　その境目が
ぶるんと震えた　ぶるぶるぐらぐらがたがたと　それにしてもそれは
すごい揺れ方だったな　七十二年生きて来て初めての体験

などと翌日訪ねた娘の家で話していたら　そのご近所のお米屋さんは
九十歳でも初めてだと言ったって　そうだね関東大震災はその人二歳の頃
気象庁だって初めの計算をやり直してマグニチュードは記録破りの9・0

だれだって計算に間違いはある　ましてやぶるぶるがたがた震える中では

その日その時その地面の上にあったものはすべて共に震えたのだ
道も電柱も家も本棚も　そして私たち　身も心も経験も体験も
そして太平洋の海水も　そこに原発があろうとは露知らず

震災も戦災も　あるいは人災も　すべて災いはおそろしく不公平だ
なぜ私の家は焼け隣は残ったのか　なぜ友達は死に私は生き残ったのか
この計算に答えは出ない　いつか東北にも春は来るだろうけれど

原発のソネット

過ちは何度でも繰り返される　スリーマイル　チェルノブイリ　フクシマ
やはりそうなってしまったね　ああやっぱりそうなってしまった
けれどもやはり私たちは　この国の最新科学技術は少しはましだと
思ってはいなかっただろうか　過去のいかなる地震にも耐えるだろうと

二重三重の安全装置を備え　非常時の防災訓練もしていたという
そうだよね　しかし非常時と言えば（老人・私は）戦中のことを思い出す
竹槍訓練　バケツリレー　一年生だった私も「伏せ」なら今でもできる

兄たちは九十九里浜にタコツボを掘って米軍の戦車を待った

大和武蔵は海の藻屑と消え　東京空襲もヒロシマ・ナガサキも
あの日あの時生きていたすべての国民・小国民には想定外だったのさ
あれは三月十日　そしてこの三月十一日に想定外の津波が日本を襲った

襲ったのは海の水だったのに原発は爆発した　爆撃されたかのように
放射線被曝を怖れて人々は避難する　戦災から私たちが疎開したように
がんばれと私は言わない　災害はどれも想定外だが　命こそ想定外なのだから

悪夢のソネット

逃げなければいけない　とにかく急いで逃げなければ　というのに
足は鉛のように　いや鉛よりもっと重くあせればあせるほど動かない
背後からひしひしと迫るのは途方もなく大きな黒い影のようなもの
なにかわからない　ただひたすらこわいもの　振り向いてはいけないもの

それはいつからか　こどもの頃から繰り返し見る私の悪夢で　今はもう
その恐怖から抜け出る方法はすっかり身に付けた　と思っていたけれど
あの恐ろしい地震の後　振り向いて屋根より高い海の壁を現実に見た人は

と私は思う　眼は夢を見ない　眼の前の恐怖の悪夢による推測！

そのとき津波の壁は黒かったという　海の青でも泡立つ波の白でもなく
波に飲まれた人流された人走って高みに逃れた人　そんなにも多くの人の
恐怖のすべてを知ることはできない　悪夢の内に悲しく推し量るばかり

いつまでかはわからないけれど　津波の影は悪夢に永くとどまるだろう
臨終の床で母は私に言った　「どうしてだろうね　足がちっとも
動かないよ」と　たしかにかすかに微笑んで　小さな声で

神話のソネット

古事記によれば　私たちの住むこの島は　漂える国を修理し固めるために
神々がアメノヌボコというもので　海の水を「コヲロコヲロ」と掻き回し
したたる塩の滴から生まれたのだという　なんだか頼りないようにも思ったが
むかし海辺に住んでいた私は　夜毎の波音をコヲロコヲロと聴いて眠った

そんな頃から海岸の埋め立てはやっていて　沖合から海水ごと砂を吸い上げて
仕切りの内に流し込んでいた　それだけで水は海へ帰り　砂だけ残る
なにかしらアメノヌボコからしたたる滴のようだ　などと思いながら

ドラム缶をつないだようなそのパイプの上をコヲロコヲロと歩いたこともある

そらから何十年も経って　私たちが遊んでいたあの海の上の土地は
地震に揺さぶられて　いたるところで液状化した　道はうねりマンホールが
飛び出しヘドロは溢れ　何年ものローンを残した家々はゆがみ傾く

あわれ　この島国は何千年も前の神々の行為から解き放たれて　ふたたび
海へと漂い始めたのだろうか　アハレとは大昔　溜息とも叫びともつかない
感動詞だったらしいが　いま私は　ただ古にもどりアハレハレという他はない

空の青

青地球

草に寝て
空見上げれば
青地球

*

空晴れて
青の中行く
海へ行く

＊

青の中
子らもわれらも
国境も

＊

今日もまた
人殺されて
空の青

海の夜

両耳に
風轟々と
海へ行く

＊

電磁波の渚に
球投げる子ら
闇せまる

*

船いくつ
沈めて暗い
海の夜

*

海藻の
腐臭かすかに
過去の風

さくら

さくらさくら
英霊の子ら
群れる頭上に

*

さくらさくら
どうしても
心は騒ぐよ

千鳥ケ淵に英霊の子の友と花見して

＊

昭和も戦争も
遠くならない
花見かな

＊

さくらさくら
英霊の子ら
老いる頭上に

青い光

臨界の
青い光を
見たという

*

放射線
身を貫くや
誰知らず

東海村臨界事故

＊

覆水は
バケツに返らず
村の朝

＊

空晴れて
過ち多き
日和かな

秋の日・朝

卵立つ
陽の斜め射す
食卓に

*

猫が来る
庭草を
かすかに鳴らし

*

秋冷の
空気静かに
昇天しつつ

*

パン屑も
きらめき落ちて
秋の朝

秋の日・昼

猫眠る
日向に夢を
明るくして

*

透明な
球体の午後
猫の眼に

＊

魂の
あるならばあれ
天高く

＊

気温引く
猫の足音
さながらに

秋の日・夜

いつよりか
核の灯火に
親しみて

*

虫の音に
右脳左脳と
争いつ

＊

明月や
二酸化炭素に
朧なれ

＊

更け行くや
文読む月日
忘れつつ

ワープロ「文豪」

二十世紀末年年末　壊れたワープロの代替機を求めて秋葉原へ行く

滅び行く
ワープロ寂し
秋葉原

＊

おそらくは
末期の種族
手に重く

*

ワープロと乗る
アナクロニズム
総武線

*

「文豪」
というワープロと
暮れて行く

春愁

春愁や
ＵＦＯ飛ぶ日の
懐かしく

＊

飛ぶ夢は
墜ちる夢なり
春の朝

*

生きものの
満ち充つ地上に
目覚めたり

*

巡る春
時のとぐろの
黒々と

おおわが神よ！

青空に
巨塔音無く
崩れたり

＊

すさまじき
響きあるべし
テレビ黙せど

二〇〇一年九月十一日

*

おお神よ！
日本語では
叫ぶ術なし

*

散華して
神とされたる
こともあり

風に吹かれて

黄砂降る
風に微塵の
音立てて

*

物らみな
風に吹かれて
響き立つ

*

総毛立ち
遙かに来たり
去るを知る

*

風に立ち
木は想うらし
森や林を

眼と光

眼は
夢を見ていない
記憶の像も

*

夢見れば
眼は闇に
うろたえ動く

＊

眼ではない
幻を見るのは
わたし

＊

光を探す
わが透明な肉よ

＊

光は来ない
過去からも
明日からも

＊

闇をはらむ
血のぬくもりに
眼よ眠れ

＊

真の闇にも
眼は開く
盲いても

＊

眼を開いて
神は言っただろうか
光あれと

＊

眼を閉じよ
光あれば
闇は有限

＊

光の子ら
跳ね遊ぶ
時空の限り

失語抄

失語して
名を知らぬ草
抜きに抜く

*

名を呼べば
にゃあという猫
名を知るや

＊

同窓会
失語の友の
集いたり

＊

名を言わず
語り歌って
別れたり

＊

墓参して
無名のやぶ蚊に
血を手向け

＊

俗名の無い
墓誌の祖に
掌を合わせ

＊

合掌すれば
ただ手のひらの
あたたかさ

＊

失語して
祈れば空に
風の鳴る

＊

香煙や
今吹く風は
今の風

＊

たましいの
「しい」とは何ぞ
秋彼岸

火葬場にて

火葬場に
煙突もなく
空寒く

*

煙なく
焼かれるや
肉や記憶や

*

浄土なお
排気の果てに
ありという

*

空焼けて
飛び去る魂の
影もなし

曇る日

曇天を
満たして光
静かなり

*

空満たす
光の速さ
思う時

＊

空の底
われら光速の
内にあり

＊

曇る空
過去ひそやかに
退く日

枯葉よ

風の道
こけつまろびつ
固枯葉

*

何かしら
枯葉と共に
掃いて捨て

＊

枯葉かさこそ
かさこそ枯葉
ささやくは

＊

枯葉われら
われら枯葉
枯れ枯れわれら

ペルセウス座流星群２００７

星屑の
燃えて降り積む
温地球

＊

温暖化の
夜へ吹きすさぶ
室外機

＊

熱帯夜
湯気吹き進む
地球かな

＊

星流れ
今も
旅している地球

沈む地球

月に沈む
ありゃ
逆さまの地球かな

*

球形の
故郷や哀れ
遠去かる

月衛星「かぐや」からの映像

＊

はるばると
来たのだ人の
眼の旅は

＊

テレビジョン
消せば
地上の夜は更けて

影になる

秋元潔追悼

宴果てて
みな影になる
春の宵

*

霾や
夢朧なれ
影の街

影になる
ぼくが死ぬとき　みんなそうなる
秋元潔「ぼくの死」より

*

春一番
ひねくれて去る
人の影

*

逝く人や
黄砂来たるという
予報

*

霊なれば
春風千々に
ねじれ吹く

*

樹よ雲よ
もろともに
春黄昏れて

*

春朦朧
酔いに沈める
影いくつ

*

少女あり
少年ありき
影遠く

空色の朝顔

空の青
庭に目覚めて
今朝の晴れ

*

ソラソラソラと
揺れて
朝顔ラッパ隊

ヘブンリーブルーという名の西洋朝顔

＊

朝顔は
空へ唄う
土の無言歌

＊

うっとりと
聴いている
綿雲

震災の春

この島の
身を弓なりに
津波かな

*

原子炉を
満たして虚し
春の水

二〇一一年三月十一日の後に

*

歳月の
行方果てない
半減期

*

原子力
夢幻の
瓦礫かな

風薫る

生きものの
息かぐわしき
五月かな

＊

極微なもの
ふと来て過ぎる
風の中

*

シャボン玉
失くした夢のように
吹く

*

風薫る
いまこそ
未来という幻覚

あとがき

『木と私たち』を出してから十三年の月日が過ぎた。この詩集には、さらにその十九年も前のものから、今年五月までの作品が収められている。

『木と私たち』のあとがきで「会社を定年退職して詩人になるほかない」などと書いたにしては、なんという寡作ぶりだろうかと、いささか恥ずかしい思いもないではない。しかもこの詩集の後半の多くのページを占めるのは俳句である。俳句を、あろうことか行分けして詩のふりをさせ、水増しにするなんてとんでもないこと、と俳人の方々には、怒られるかもしれない。

これらの俳句は、秋元潔の呼びかけから、秋元原案、天沢退二郎訳によるフランス語のマニフェストを掲げて発刊した「蜻蛉句帳」という、世にも稀な俳句同人誌に掲載された。秋元の死後も、鳥巣敏行さんの非常な努力によって維持され、一九九八年八月の創刊から十四年、五十一号の現在まで続いている。

秋元に誘われたときには、私には「絶対に」俳句なんて作れないという思い込みがあったのだが、「きみは絶対って言い過ぎるよ」と秋元に言われたことを思い出す。その一言が、十四年にも渡って、見よう見まねで俳句というものを作り続けることになった、私の動機である。高校一年で、文学クラブ二年先輩の天沢退二郎に出会ったことが、私の詩作の動機となったように。

あるいは「不純な」動機だったかもしれない。私にはそもそもの初めから、俳句も詩である、あるいは詩も俳句であるし、ないかもしれない、というような、曖昧な混同があったし、いまも続いているだろうから。

私の「蜻蛉句帳」掲載作のすべては、一句一行という、伝統的な形を取っている。それが俳句らしい形だと、私も思い込んでいたのだけれど、最近になって、ふとした思い付きで、ワープロで行分けしてみた。パソコンはこうしたことが簡単にできる。そしておもしろい。五七五の他にも切れるし、要らない語を外して、二行にもなる、などなど、いろいろ、なにか、たいしたことではないけれど発見したような気がして、十日ほどは熱中した。

それが、この本をまとめた一番の動機かもしれない。「詩集」としようか「詩句集」としようか「詩と俳句」としようか、それもパソコンで、何度も書いたり消したりした挙句、そうしたものは何も付けないことにした。数少ないであろう読者にとって、それはどうでもよいことに違いない。これらの中から、ただ、なにがしか、なにごとか、を受け取っていただければ幸いである。

著者の幸いと言えば、『木と私たち』から「太陽と海と季節が」の一篇を、一昨年の北海道の高校入試問題に採用していただいたこともある。

これは本当に望外の喜びだった。受験当日の北海道の中学三年生を悩ませたばかりでなく、その後三年に渡って、過去問として、多くの問題集に載り、全国の中学生に熟読してもらえるだろうから。『木と私たち』の発行部数よりもはるかに多くの！　おそらくは北海道の教育委員会かのどなたかには、遅ればせながら、ここに感謝を。

このことも、この本を後押ししてくれる動機のひとつと思っている。何であれ書かれたものは、引き出しの底の眠りから覚まされ、未知の人々に、その夢のなにがしかを読み取ってもらうことが望ましいことなのだから。詩であろうと俳句であろうと。私ではなく、私によって書かれたものたちは。

書かれたものたちが、『空の井戸』という本の中に目覚めようとするに当たっては、次の方々にも感謝を捧げなければならない。

詩に目覚めさせてくれた、天沢退二郎さん、俳句に目覚めさせてくれた、故秋元潔さん、ここまで続けさせてくれた、鳥巣敏行さん、そして、やがてこの本を目覚めさせてくれるだろう、思潮社の高木真史総編集長他の方々、どうもありがとうございます。

二〇一二年八月

高野民雄

目次

空の青

初出一覧

凧揚げ　「詩学」1980年3月号
板・板と血・板の叫び・血の肉　詩集『眠り男の歌』1979年12月、駒込書房刊
　これらは一旦『眠り男の歌』刊行時に書き足して詩集に収めたのだが、集の他の作品とは書かれた時期も詩の調子も異なっていた。今回あらためて、初出では付いていた句読点を外し、多少の字句を直して、この詩集に収めることにした。『眠り男の歌』の読者の方々にはご了承を願わなければならない。
ろくろっ首　「現代詩手帖」1999年9月号
＊
殺人のソネット・見えない存在のソネット・無のソネット
「現代詩手帖」2003年4月号
地震のソネット・原発のソネット・神話のソネット
「現代詩手帖」2011年6月号
＊
青地球・海の夜　「蜻蛉句帳」創刊号、1998年8月
さくら　「蜻蛉句帳」第5号、1999年6月
青い光　「蜻蛉句帳」第8号、1999年12月
秋の日（朝昼夜とも）　「蜻蛉句帳」第12号、2000年11月
ワープロ「文豪」　「蜻蛉句帳」第13号、2000年12月
春愁　「蜻蛉句帳」第15号、2001年6月
おおわが神よ！　「蜻蛉句帳」第17号、2002年1月
風に吹かれて　「蜻蛉句帳」第18号、2002年6月
眼と光　「蜻蛉句帳」第21号、2003年12月
失語抄　「蜻蛉句帳」第24号、2004年10月
火葬場にて　「蜻蛉句帳」第29号、2006年3月
曇る日　「蜻蛉句帳」第30号、2006年6月
枯葉よ　「蜻蛉句帳」第32号、2007年1月
ペルセウス座流星群2007　「蜻蛉句帳」第34号、2007年9月
沈む地球　「蜻蛉句帳」第35号、2007年12月
影になる　「蜻蛉句帳」第36号、2008年3月
空色の朝顔　「蜻蛉句帳」第41号、2009年9月
震災の春　「蜻蛉句帳」第47号、2011年6月
風薫る　「蜻蛉句帳」第51号、2012年6月

　ここに記載しなかった他の作品も、そのいくつかは「私詩／私信」と題した個人誌に記して、知友その他に配ったこともあるが、それはまったく私信であって、私の手元には一部もなく、ワープロにも残さなかった。どの作をいつ誰に送ったか一切不明である。

空《そら》の井戸《いど》

著者
高野民雄《たかのたみお》
発行者
小田久郎
発行所
株式会社　思潮社
〒一六二―〇八四二　東京都新宿区市谷砂土原町三―十五
電話〇三（三二六七）八一五三（営業）・八一四一（編集）
ＦＡＸ〇三（三二六七）八一四二
印刷所
創栄図書印刷株式会社
製本所
誠印刷株式会社
発行日
二〇一二年九月二十五日